平淡

姜妙妮　著

九州出版社
JIUZHOUPRESS

图书在版编目（CIP）数据

平淡 / 姜妙妮著 . -- 北京：九州出版社，2024.3

ISBN 978-7-5225-2693-5

Ⅰ . ①平… Ⅱ . ①姜… Ⅲ . ①诗集－中国－当代
Ⅳ . ① I227

中国国家版本馆 CIP 数据核字（2024）第 055890 号

平　淡

作　　者	姜妙妮　著	
责任编辑	陈春玲	
出版发行	九州出版社	
地　　址	北京市西城区阜外大街甲 35 号（100037）	
发行电话	（010）68992190/3/5/6	
网　　址	www.jiuzhoupress.com	
印　　刷	武汉市籍缘印刷厂	
开　　本	880 毫米 ×1230 毫米　32 开	
印　　张	4.75	
字　　数	63 千字	
版　　次	2024 年 3 月第 1 版	
印　　次	2024 年 3 月第 1 次印刷	
书　　号	ISBN 978-7-5225-2693-5	
定　　价	48.00 元	

目 录

杯　子

办公区的杯子们从不讳言

自己被落在茶水间的频率

这既非要闻

又算不上秘辛

没什么好攀比

也无须自怨自艾

绕不开的杯生经历罢了

最多在杯界轮值改选时

才不经意间带到

与历任饮水机

各度过几个春宵

自从开启咖啡时间

杯界崛起一支新贵

特制的纸杯子风头大健

深褐色显瘦高端

杯身极简性感

在咖啡机下左右逢源

被带着四处周旋

秒杀一干尘满面

鬓如霜的同侪

转眼被投入 trashcan

也算此生无憾

杯　子

杯子欲领衔办公桌天团

却在与电脑的门面之争中落败

莫名坏掉的键盘

想来绝非灵异事件

霸总难当

转战技术岗

联手茶包、粉袋、咖啡条

酌量添减杞枣参丹

誓打造工作饮的天花板

好在他们自带一种

海晏河清的温柔气质

能速溶于各种场合

是天气外的安全话题

跨部门的社交神器

接水的轻松一刻

大约是许多老师

坚持不用暖壶的隐情

杯　子

带上保温杯赴会

时不时从容拧开

像在职场的冰面

凿出小小钓眼

冒出些许热气

平 淡

端着杯子行走江湖

即使高冷超模脸

也有了仿佛可随时停下来

立谈的柔软

让匆匆而过的无言

多了些默契和心照不宣

当然他们也能代战

面对不怀好意的窥探

只消冲上杯特浓

漫不经心搅动着

熟悉的味道

死去的记忆

自会替你发起攻击

What a pity

I'm fine

大变比空袭还突然

杯群里刷屏着伤感

有的随接水的旧人左迁

有的在新设备下委曲求全

有的逃出生天

有的涉敏禁言

被移出多少群聊

在多少群里初来乍到

杯　子

杯去桌空

新办公室里

旧副台临危受命

勉强收容了电脑

无处再安放杯子的个性

原本小鸟依人的杯子

秒变大鹏

紧挨乌云罩顶的键盘

凄凉蠢萌

倒也没自暴自弃

茶包、粉袋、咖啡条该囤囤

杞枣参丹该补补

照旧定期甄选新品入彀

只是依然天真

依然幻想回到来处

依然看不清归途

手机搜索栏已全是

"元气小巧口袋随行杯"

杯子要杯具了

大　势

将平平无奇的游泳馆

变成水何澹澹的海滩

统共需要几步

一步到位

他进来了

拥有这等魔力

是霍格沃茨毕业的吧

大势健身

名字很酷

长池深冷

他占两分

浅水清暖

他有八分

内敛与狂野

温柔与倔强

奇特的反差萌

该死的魅力场

工作照充头像

随意得清奇

团队合影当背景

笑到傻兮兮

见了方知

帅哥的底气

原是百无禁忌

初会还是头像那件

芭比粉的湿衣

居然难掩帅气

甜甜圈般的自来卷

还有双迷人电眼

藏在不高不低的眉骨下

永远水汽氤氲

里面有时是远方

有时是回忆

他教我收翻蹬夹

教我漂浮站立

语速却比我进度还慢

哪像泳镜掉了

也 50 米 24 秒的

国一运动员

直到他脱下芭比粉

露出完美胸肌

画风瞬时从搞笑跳转

性感得措手不及

一米八的身体天才

被高弹泳裤包裹得更全息

尴尬、跑路

谁的心练了一趟咏春

谁的防雾泳镜起了雾

平淡

依然有许多笑点

下水教学员

那泳帽没满月就出来上班了吧

远够不到他的自来卷

又爱学人

也不笑

轻轻咬着下唇

学我草草换气的样子

好气

有许多可爱的小表情

细微却极富感染力

敢信他竟蝉联

省搏击赛几届第一

台上攻城略地

台下无心慢语

纯白旖旎

游于眼底

大势在石景山

其他一般

氛围绝了

总在恰到好时

放起《神话》

放起《夜舞》

入海成鱼吧

只争潮汐

难忘月圆之夜

梦圆之夜

如星相伴

溯洄溯游

他微笑如朗姆酒心

注入满池巧克力

我像失蹄的岩羊

无从攀爬

唯有熔化

月满则亏

求好心切的他

希望深度与技术

同升飚进

而我只想徐行

他坚持

我退缩

算冷战吗

我桃榴不决

他眼里失望叶积

竟致互删

别易宽难

大　势

换了近处的游泳馆

教练依旧帅

四种泳姿也集齐了

唯一的意难平

这里只放《回家》

常常想起大势

那些蝶影蛙声的夏夜

像海浪泳动涟濛

从海天交合处漫过来

漫入眼眶

为他

不全都

遗憾

有一丢丢

而大势若此

可以燃烧

不许沉没

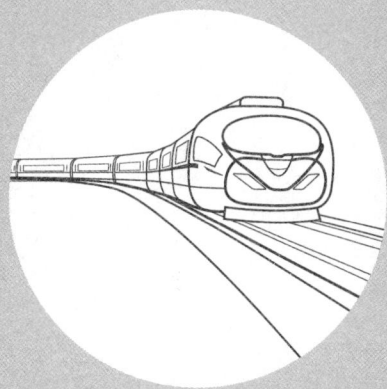

地　铁

交通方式们自成一班

班长无疑是市内地面交通

却总因太过随性而考砸

即便主角光环加身

仍是被嘲得最多的

高铁独来独往

气质高冷而疏离

从不缺话题与热度

是火出圈的明星学员

飞机作为顶流

眼界与颜值都是 top 级

交游也最广阔

是学生领袖式的风云人物

公路与海运是低调的学霸

小众的交通方式们

竞品鲜少

粉丝黏度超高

地铁夹在这群亮眼的同学中

存在感迹近于刚报到的萌新

虽说路人缘不差

性格也最接地气儿

却只能在期末汇报演出里

跑跑龙套

打打酱油

分到一些没有台词的角色

而他在我的出行中

却是妥妥的大男主一枚

抱走不约的那种

提到 rendez-vous

地铁最靠谱

不知"鸽"为何物

风雨无阻

无论是低钾的清晨

还是高钠的黄昏

无论是汛猛的夏日

还是雪哭的冬夜

卿若能来

定不负卿

每遇早晚高峰

地面交通毫无悬念地 flop

若再逢开学、节日、秋点兵

会议、赛事、不限行

顺义车展、新光店庆

工体人浪、国际马拉松

大剧院、小剧场、IMAX 热映

香山叶、故宫雪、玉渊潭赏樱

海棠花溪、地坛银杏

草莓迷笛、书香北京

人们的热情与交通拥堵指数齐飞

从中心城区到郊区

从环线到联络线

车流变成驼队

路况由微醺至尽醉

这时能带你重返绿洲的

唯有 Metro Knight

比梅林更止渴的

当数 Metro Station

相比于地面下的轰轰烈烈

一座座地铁站可谓神隐于市

论名气不如北京的桥

醒目不及国贸

辨识度输给鸟巢

出片率远逊太庙

也许永远成为不了

西客站那样的城市地标

它们却是

铁流里的桃花岛

车海中的瞭望角

灯河畔的云水谣

声浪间的清平调

对于囧途上的人们

不啻是"home，sweet home"

家一般的存在

进站上车

地铁像闪着银光的冰龙

鳞尾轻摆

倏地潜入奇妙的深海

至下一个站台才又浮出水面

轻抖龙须

再度消失在神秘的沧溟

有些隧道两端

侧壁上间隔悬挂着灯箱

在列车启动后且绽且退

乘客们仿佛夜游颐和园的长廊

又仿佛在地下卢浮宫浸赏

隧道深处略显沉寂

或有微电影般的动态广告

将车窗化作公屏

收集了多少人的会心一笑

隧道灯仍是照明的主角

有的像弩机凌插壁中

对射光之飞羽

有的像盔头伴观往复

光翎缠斗不已

下面的列车唯恐祸及

莫不横了心闯关

越战地不过数里

破光阵已逾万重

两道铁轨寒光熠熠

似冷月炼就的精钢

有定海神针的清亮

也可像如意金箍棒

奉列车之命长了又长

不为搅动三江

只为揽收梦想

派送希望

那通知取件的来电

显示为一枚枚风之导弹

远远地摧毁一切悲伤

平 淡

在这风沛的城市

难免跌跌撞撞

不时有泪盈眶

快乐名为担纲

忧郁实任主唱

幸福唯存小样

苦恼全系正装

好运从来限量

周折一再爆仓

空瓶最快的

是坚强的晚霜

摔到面目全非

是自信的高光

铁皮了无数个

失落的暗影

蘸取旋又抖落

多余的欲望

更几番挣脱夜的魔掌

踯躅站台

满心惧惶

直至隧道起了萌动

零星雷声像飞行的种子

在耳中转眼参天

原本漆黑的隧道内墙

被鎏上一层金光

风使们级别由低到高

一拨拨箭弛来清场

少顷地铁手握风缰

闪着一双电眼

一下子射出深巷

风尘仆仆却神采飞扬

从容不迫却势不可挡

绅士般略略致意

昭示一切如常

感佩覆盖了焦虑

重命名为《清晨·印象》

年华一天天流淌

地铁一节节复一趟趟

像城市打不湿的翅膀

又像时代水面下的鸭掌

是松解交通的筋膜枪

也是助推经济的充电桩

是路网上珍贵的棕色脂肪

也是发展中川流的蓝色血氧

穿行在黑暗的地底

散发着太阳的光芒

一路荡平轨轨隧隧

像位出巡的帝皇

闪耀在线网图的星空

激活绿色的月壤

顶开深场的寂寞

对接漫步的雁行

电

梯

电　梯

电梯作为楼梯的飞地

却常年拥有着

高出本土数倍的人气

同属一间公司旗下

以"梯外有梯"组合出道

楼宇物业经纪有方

吸到不少"西皮粉儿"

每每隔空撒粮

又不时互 cue

算是很努力在营业了

但碍于迟迟嗑不到合体的糖

粉丝热情断崖式下跌

平 淡

电梯画风越来越迷

多次被楼粉怒怼拖累他家爱豆

楼梯单飞已成定局

以挽回在热炒 CP 的这些日子

不堪其扰而取关的 i 型用户

重振因电梯而式微的登高雅风

而电梯身为超级 e 人

费洛蒙满级

流连朱阁

往返春色

妥妥一只宠粉狂 bee

哪还管组合什么时候 be 的

楼梯和其唯粉眼中的电梯

质量有上限

审美无极限

双担眼中的电梯

不上健身房

带薪撸铁忙

天生双开门

长训不走样

有镜子最好

没有也无妨

ootd 主打清爽

hold 住任何变装

只有少数老粉知道

楼梯诚然单纯世家子

电梯的风流何尝不是表象

一趟趟披荆斩棘

乘风破浪

换得见多识广

后来居上

一次次周折转圜

际会四方

成就微缩人间

淡定倜傥

电　梯

始发顶层风光

经停头部暗箱

穿越夹层热浪

直落底域寒凉

是短暂的小团圆

是平淡的小别离

是沉浮的小时代

是战栗的小欢喜

是恍惚中的比肩齐

是突不破的次元壁

是泛职场的气压计

是大更迭的地震仪

平 淡

是匪夷所思的同框

是画风迥异的碰撞

是毫无交集的神往

是没有后来的欣赏

是烟消云散的笑容

是逐渐深长的目光

是戛然而止的热络

是梯门挡下的冷枪

是键之即来的负熵

是蹭蹬难至的远方

是电光石火的微创

是短兵相接的较量

有变幻莫测的屏保

有层峦叠嶂的视窗

有炙手可热的应用

有无人在意的隐藏

是排闼径入的气场

是鱼贯而出的赫扬

是青云直上的迷雾

是江河日下的暮光

是春景满堂的群像

是秋气争噬的金疮

是梯旧人新的炎凉

是风水轮流的换庄

是速成的朋友圈

是即兴的局域网

是临时的直播间

是潜在的访问量

是冰冷的纸牌屋

是温馨的风雨廊

是苍白的投名状

是猩红的修罗场

平 淡

一梯连通北南

止步遥对参观

梯外咖啡不复还

楼上雪隐镜光黯

接完水转身

再无蓝烟缅因

觑镜虚拨发线

迷恋痛楚却带感

针头脱落转孤单

显微镜难寻针眼

光滑是最尬的瘢

电梯像淡漠荷官

看腻各种名场面

一入梯自带牌点

等梯忐忑似开盘

地库升起不紧不慢

层层发牌清算收官

箭头刚灭直插心间

却未必走出止血钳

梯门缝紧缩似见光猫眼

同梯人瞳孔已张至极限

轿厢内曼陀罗花粉爆燃

柠檬酸小苏打发生剧反

焚身时再吸入过量碳酐

井道下失乐园无人升还

警报灯旋转如魔方复原

拧出篡改年检日期的脸

捷　径

捷径不是捷运

不能每天带你飞奔

捷径不是刎颈

不能陪你升级打怪

捷径不是验方

不会永远屡试不爽

捷径不是爆款

没有希望实现量产

捷径不是倍耐力

不会一直不离不弃

捷径不是米其林

乖乖等你按图索骥

捷径不是安赛龙

倒是横流安赛蜜

捷径不是见手青

倒有可能见上帝

捷径是越位

无非是先喜后悲

捷径是插队

大概率玉石俱碎

捷径是酒驾

被摇下东窗事发

捷径是嘴刹

维塔斯都得玩砸

捷径是毒品

分分钟溜上了瘾

捷径是游资

一阿秒跑路撤回

捷径是滤镜

细狗眨眼变巨兽

捷径是倍速

树懒轻松破纪录

捷径是逃避

小厄养成木法度

捷径是投机

小赢爬满绝命书

捷径是账单

页页逾期高利贷

捷径是谷债

一口口烫穿喜爱

捷径是翘课

等命运刀刀来补

捷径是劫掠

必招致轮轮报复

捷径是贪念

恨未能掘尽笋盘

捷径是侵占

电鳗卡喉把车翻

捷径是温水煮青蛙

不是旅行青蛙

捷径是皇帝的新衣

不是隐形战机

捷径是最后的晚餐

不是玛卡巴卡

捷径是鹈鹕夹万物

不是卡皮巴拉

捷径是群勃龙

不是祖玛珑

捷径是美杜莎

不是美背杀

捷径是断头台

不是防水台

捷径是温压弹

不是温泉蛋

捷径是氢化油

不是印度油

捷径是代可可

不是洛可可

捷径是鳄雀鳝

不是扬子鳄

捷径是安逸猿

不是海东青

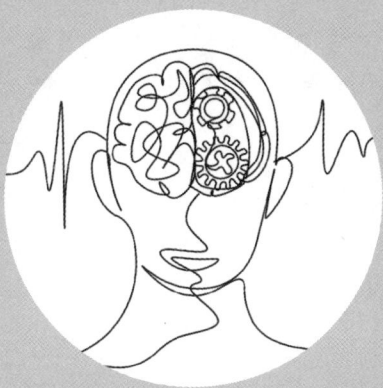

你 的

我是你的小火伞

引燃你的 Bigbang

我是你的小跳珠

打湿你的 Doberman

我是你的小冰块

掉进你的 Vodka

我是你的小雪花

飘下你的 Cohiba

我是你的小红帽

拆开你的 DHL

我是你的马里奥

吃掉你的 Oreo

我是你的雅典娜

发动你的 GTR

我是你的小青蛙

跳出你的 Rimowa

我是你的小 bug

入侵你的 big data

我是你的小 Ai

定制你的 web lover

我是你的小脑机

操纵你的 behavior

我是你的小元界

开启你的 adventure

我是你的小 cuckoo

也是你的 labubu

我是你的小 mirror

也是你的 miracle

我是你的小 garden

也是你的 Babylon

我是你的小 rainbow

也是你的 flamingo

我是你的 Pagani

也是你的 Panini

我是你的 violin

也是你的 jasmine

我是你的 dessert

也是你的 desert

我是你的 Veneno

也是你的 antidote

我是你的 Lolita

也是你的 Malena

我是你的 nocturne

也是你的 nightmare

我是你的 waterfall

也是你的 whale fall

我是你的 Prejudice

也是你的 Pride

我是你的 thumbelina

也是你的 thorn bird

我是你的 nostalgy

也是你的 new world

我是你的 good heart

也是你的 guilty feet

我是你的 routine

也是你的 legend

我是你的 Truman

也是你的 False King

我是你的 Still Water

也是你的 Wuthering Heights

我是你的 First Solo

也是你的 Last Dance

我是你的 Scarlett

也是你的 Scissorhands

我是你的 Narcissus

也是你的 Narciso

我是你的 Cinderella

也是你的 Sea Dweller

我是你的 swallowtail

也是你的 Sweptail

我是你的 Blurred Lines

也是你的 Bausch&Lomb

我是你的脏脏包

也是你的小脏猫

我是你的小藤壶

也是你的小海妖

我是你的小螽斯

也是你的小鸽哨

我是你的小灵犀

也是你的小青鸟

我是你的 Polaris

也是你的 Compass

我是你的 Milky Way

也是你的 Venus

我是你的 Artemis

也是你的 Atlantis

我是你的 Wormhole

也是你的 Parallel Universe

漂　泊

奔波不一定是漂泊

你看那疾驰的列车

日行千里

落拓又欢乐

不只终点翘首以盼

等着接风

沿途还有一溜南腔北调

环肥燕瘦的站台殷勤探看

花式洗尘

约会和飞吻都排满了

衬得车上的我

安静而焦灼

空洞而漂泊

平 淡

年轻多半是漂泊

（学业未成 + 爱而无果） × 执着

保留两位小数

≈四处碰壁 . 蹉跎

漂　泊

中年后选择寥寥

每天在权衡中度过

负重漂泊—挣扎中—已沉没

≈无可奈何．落寞

有谁不用漂泊

怕的是没有寄托

像圈养的虎鲸

像绑腿的骆驼

像发病的折耳

像逆行的企鹅

像落灰的 Fender

像断更的 blog

像闲置的 treadmill

像床底的 Sartre

像失群的盖碗

像走珠的蚌壳

像售罄的链接

像仓库的裸模

像飞下缆车的雪板

像掉进地铁的耳蜗

像跨越物种的冰恋

像擦肩而过的康波

活着不外

一个无心的看客

一片蜷曲的残荷

未待秋雨

只剩筋络

漂泊

漂泊

徒劳无功地摸索

香蕉履新月亮

前任月亮失了火

菠萝上位太阳

真的阿波罗着了魔

丘比特恋上嘉士伯

拒绝再扮演可爱多

毛毛虫羽化帝王蝶

可可豆梦圆玛奇朵

漂泊

漂泊

凭何以破

心中有 anchor

沙发长 cat

平

淡

平　淡

宅家比伐木累

社交比蜀道难

理想比青狐媚

现实比易水寒

倒不如

下一碗假面

煮一只扭蛋

钓一条闲鱼

搁一点豆瓣

咬一口苹果

烤一片微软

放一首谷歌

跳一支探探

泡一壶甜茶

开一听碧咸

焗一罐肯豆

炼一炉乔丹

支一张安卓

取一个云盘

撒一把小米

结一世佳缘

策一匹喜马

提一柄龙泉

带一条酷狗

下一趟江南

平　淡

访一只奇虎

上一艘快船

加一群鸿雁

聊一晚天边

剪一段油管

镶一颗快闪

撕一页脸书

折一顶蓝鸢

随一场暴风

越一座火山

剩一副甲骨

文一言平淡

平 淡

平淡没有芜湖

没有刷飞的弹幕

平淡没有美图

只有不完美的生图

平淡没有虚竹

更不应被虚度

哪怕撞树

做跑酷的极兔

不试怎知

飞猪也能虎扑

手　机

一入手机深似海

从此时间是路人

黑巧？

黑冰！

蜜糖？

砒霜！

平滑周正

体貌端方

却害

学童不思书

师长蚌埠住

戒断好孤独

狂吸更恍惚

品牌？

随便

款型？

都行

能上网

必须的

有 App

齐活儿

是以颠倒众生

名虽手机

实则妲己

比薛定谔的猫还要诡异

活的 / 死的

动的 / 静的

心安 / 心惊

真实 / 幻境

空的 / 满的

开的 / 锁的

醒的 / 睡的

明的 / 灭的

平 淡

仆人 VS 主人

情人 VS 敌人

宠物 VS 怪物

药物 VS 毒物

窗口 VS 墓口

希望 VS 绝望

工具 VS 刑具

零距 VS 超距

在线 or 离线

投送 or 拒接

点开 or 划走

输入 or 撤回

添加 or 过期

清空 or 恢复

勿扰 or 置顶

已读 or 未读

收藏 or 屏蔽

发布 or 删除

公开 or 分组

拉黑 or 放出

可爱 & 讨厌

方便 & 牵绊

聒噪 & 寂寥

热闹 & 单调

丰富 & 空洞

万能 & 无能

繁华 & 浮躁

鼎沸 & 虚无

青目 & 冷读

神交 & 错付

共生 & 拮抗

感应 & 纠缠

同一个手机

不同个平行宇宙

重重有我

而我不在任一重

平 淡

轻轻拿起它

各种态的叠加

总赖它扰了我

原是我的观察

使态坍塌

不如放下

各寻各云

各看各花

运　动

夕阳无限好

只是近运动

渐见愁煎迫

叕叕该运动

运动前

问君能有几多愁

运动后

仰天大笑出门去

笑渐不闻声渐消

傍晚到

心如绞

有林难归

倦鸟练飞鸟

运动苦

神曲救不了配速

双腿已麻木

跑量仍不足

何年跟得上关门兔

泳池水更苦

入水斯坦森

打腿变抖森

起水又强森

无氧苦中苦

有肌肉被指无围度

训练痕迹对不起付出

重量上去难做组

年复一年无进步

平淡

运动难

俄挺人旗

纯纯天方夜谭

普通平板

瑟瑟振翅过电

战斗蛙

海豚腿

顶杯游

半镜换

统统以年起算

云顶飘落叶

南山点蘑菇

说好顶峰相见

为何再也不见

运动险

翼装速降

裸攀洞潜

成则回旋镖

败则离弦箭

对抗险

滑铲垫脚

肘过如刀

人坦球弹

拳藏石膏

欲问八角笼

先度鬼门关

降重脱水险

上称几人搀

运动乐

运一车愁云

募力以发动

卸于跑道

倾入水中

转而往车里

加满内啡肽

源源排放各种快乐

自然之乐

科技之乐

休闲之乐

竞技之乐

正念之乐

疗愈之乐

每历瓶颈之苦

忽迎解锁之乐

登高回望

人生极乐

运动易

溯溪转山

取件遛弯

拈花惹草

皆可亲近自然

没有破风阵

独跑自由如风

何必龙门架

徒手寸肌不落

颠簸帅

肖恩雅

养生亦不差

英歌燃

龙舟豪

打跳也风骚

尾崎八项迢渺

尾波冲浪可撩

运动安

岸上雨骤

只好潜躲水下

平地太挤

故而远攀孤峰

安不易

险中求

生而无翅

长羡鸟之逸逍

游弋都市

难祛秘境之魅

险仍往

心乃安

理有绝缘

野性岂可沦丧

智主天下

武脉永远浩汤

险当绥

安为奖

泳

趣

泳　趣

"蛙趣！"

是什么让孤泳者们

停下蛄蛹

蛙声一片

原来是个八九岁小正太

永动机般的蝶泳

小孩哥 yyds

蛙趣难得

泳友间的注目礼

却非遥不可及

也足能开心一晚

有的几日不见

喜提新姿

有的风雨无阻

背肌直出

有的如魅如梭

才发又至

咱就是说

刚过去了个什么

漂亮的高肘

帅气的滚翻

丝滑的节奏

艳羡夺镀膜而出

潜下去再探

那优美的水下腿

看不够

根本看不够

平 淡

没事儿整点儿小活儿

天王踩水

鳄鱼翻滚

锦鲤跃龙门

金莲开窗

嫦娥奔月

自仰流星雨

末了给您水下敬个礼

水下洗衣机玩腻

水下龙卷风走起

别怕

丢个水下圈圈套住你

再画个水下爱心表白你

玩而时习之

水性大于技

技久不进使人愁

聊以装备暂解忧

蝴蝶蜘蛛钻石背

纯色花色星河闪

绝版收不尽

高叉引风流

小小泳帽

水中显要

图案得哏

颜色宜跳

出水的霸气

一半是泳镜给的

泳镜的乐趣

一半是 DIY 的

耳机一摘

激情不再

手表忘戴

裸游无爱

项链 blingbling

闪不过胸肌

腰链 slimslim

绝配 bikini

but only a nice figure

才是顶级 jewelry

因件件孤品

且浅浅分为

国画派

油画派

漫撕派

或写意风流

或古典浓郁

或卡通梦幻

之于这些尤物

衣服如刺客

每身着一袖

美神断一肢

文身即 buff

入水青花郎

人去池犹香

天菜 not usually

若非泳友 so funny

打卡势必 too lonely

有其乐融融的

金角爸爸

银角儿子

黑天鹅妈妈

三顶泳帽相映成趣

是泳池最亮的星

有潜水头套控

配上鱼雷速度

E.T. 即视感

有退休精神大叔

昼行三万步当热身

夜泳两千米意满离

某日闲游

水面忽传异响

遂目睹一位女侠

蝶到酣畅淋漓处

拍岸长啸不已

至情至性

闻者相顾动容

曾遇池底金刚

潜泳大佬

巨尾人鱼

etc.

清清泳池变身

瑶池

黑池

etc.

四大泳姿

各有其趣

以蝶为例

蝶之趣

尽在 wave

卧波推波驭波

水回我以啵啵

波即是我

我即是波

蝶为泳之狂草

一笔连绵不绝

又似水中战绳

甩出回肠荡气

野泳虽散落江湖

却也妙趣盎然

如家中幼子

规矩少了

欢乐多了

向来没有最野

只有更野

抬头 / 反 / 侧泳

顶多算小众

更有奇葩泳姿

令人眼前一黑

甚至落荒而逃

此不恰为"泳趣"之所在吗

天马行空

独成一派

这才是真正的"自由泳"吧

整

牙

整 牙

"一二三四五六七,

七六五四三二一。"

帅哥医生的花头巾变化万千

每次拔牙的咒语倒不变

足证这绝对是个力气活

新患者此时以为大功告成

只有老患者知道还远

视牙齿的顽抗程度

该咒语或将反反复复

于是屏气凝神

直到一声"哎哟,我去!"

苦难方才结束

平 淡

即便是这样的苦难

也不容易体验

只因挂号实在太难

首班地铁已晚

只能滴滴

排队超过五人

情号没戏

最好是在场的问遍

留得踏实走得泰然

这几年拼起网速手速

不是没开始就是已约满

挂号永远那么卷

冷不防挂上了

如聆药师佛召唤

见 crush 都得延

上火星都要缓一缓

及至净琉璃世界

美女医生像观音下凡

验血、照相、拍牙片

收诊前设下重关

若是真心取经人

拔牙、洗牙、牙周、根管

"至少两月半，"

她说

"再找我前全做完。"

她又说

从此各科辗转

自秋至冬跨年

夜渐长风愈寒

排队永远蜿蜒

七点后的楼梯间

大庇冻僵患者俱欢颜

智齿满门抄斩

上四下四杳然

小药棉填了又填

临时冠拆了又安

只欠牙套

地覆天翻

千方百计上了套

挂号改约号

漂泊变停靠

每次的治疗

开始有点美妙

诊室在二或三楼

不低也不高

内设两三张诊椅

不大也不小

每患者一医一护

不多也不少

临街的窗浅开着

绿叶飒飒地摇

凉风时时跑进来轻撩

流行曲洗脑

纯音乐格调

羽毛般按摩耳道

吹着风听着歌

半躺在医生怀抱

眼睛似睁微闭

医生轻柔加力

工作服清香四溢

只想就这样睡去

谁知醒后起风暴

细细的钢丝

闪闪的托槽

悄悄地利刃出鞘

对毫无戒心的口腔

连蚀带雕

迫其升维改貌

左浅滩右深沟

上錾刻下镂空

前丹霞喀斯特

后雅丹魔鬼城

然而比起最强王者

钢丝和托槽只能算气氛组

不似骨钉精光四射

通体透着特战队气质

借麻药掩护螺旋下潜

穿牙槽骨径入

仅留鳄鱼眼在外

钉尖钻骨的锐痛

越眉心而上头

钉帽磨嘴的酸爽

虽后至而汹汹

整牙之路漫漫

大门槛连绵

小风波不断

钢丝太长变倚天

脸颊日渐可破

何消吹弹

保护蜡且掉且粘

厚了贴不住

薄了被磨穿

骨钉横行一世

独惧牙刷

重打后梅开二度

又谁说事不过三

病娇不过托槽

自诩战损美男

偏偏难过美食关

今补明又残

女娲情何堪

此外医生更换

收缝逾月无进展

牡丹园整修闭站

新冠再偷走几年

整牙前签的文件

能否再要回一看

可有以上桩桩款款

幸而没有

从入院到上岸

七个年头过去了

拔八颗牙

打六处骨钉

经五科室综治

所费四万余

先后三位医生

前两位换了新诊所

各迎来一名小 BB

其间十磨九难

求诊近百回

常千种迷茫

曾万般惆怅

终获亿点点蜕变

人生出发有早晚

唯勇与恒

制晚成冕